# Blinde Liebe

# Blinde Liebe

## Eine Geschichte aus den höchsten Kreisen

## Richard Dehmel

Wie soll ich diese rührende Geschichte bloß erzählen, daß meine zarte Leserin sich nicht die Augen ausweint über die Leiden, von denen ich berichten muß! Es dürfte in der Tat das beste sein, ich teile gleich im voraus mit, daß alles ein wonniges Ende nimmt.

Ich habe also zu berichten von den Ängsten, mit denen ein König und seine Königin sehr viele Jahre lang durch eine böse Fee geplagt wurden, und das aus keinem besseren Grunde, als weil der König seiner hehren Frau Gemahlin unentwegt ergeben war. Ammibauba, so hieß der edle König, verehrte seine Frau Gemahlin so pflichtbewußt, daß er die Schönheit anderer Frauen nur wie durch einen dicken Schleier sah. Nie, seit sie auf dem Throne saß, hatte er sich einfallen lassen, einmal ein Paar verbotene Augen ein wenig näher zu betrachten, geschweige von verbotener Lippen Süßigkeit zu kosten. So liebten sie sich tadellos jahraus, jahrein und waren sehr zufrieden mit dem Leben. Nur eines machte ihnen manchmal Kummer: ihre Liebe wurde immer reifer, aber sie wollte durchaus kein Früchtlein tragen. Vergebens wurde die Staatswiege in jeder Silvesternacht frisch vergoldet.

Da, eines Tages um die Pfingstzeit, erschien besagte Fee bei Hofe. Sie wurde, wie sie das gewohnt war, mit großen Ehren aufgenommen, sie konnte nämlich mächtig zaubern, und ihre Schönheit war noch mächtigen Wenn sie ihr wildes schwarzes Lockenhaar schüttelte, dann konnte keiner sie betrachten ohne Gefahr für Leib und Seele. Nur Ammibauba blieb ungerührt – und gerade dadurch vielleicht geschah das kaum Glaubliche: die Fee verliebte sich in Seine Majestät. Das wäre nun noch nicht das schlimmste gewesen, aber die böse Fee war nicht zufrieden mit dieser einfachen Sachlage. Sie liebte den König so anspruchsvoll, daß sie beschloß, nicht eher weiterzureisen, als bis sie ihn erobert hätte.

Sie tat also alles Übliche, um den erwähnten dicken Schleier des Hohen Herrschers ein wenig zu lüften. Wohl zwanzigmal des Tages kreuzte sie seinen Weg, die Stirn in Demut vor ihm neigend, um seines Herzens königliche Regung zu entfachen; aber Seine Majestät bemerkte es nicht. Sie kleidete sich immer strahlender und ließ kein Schmuckstück unversucht, das seinen Blick an sie fesseln konnte; aber Seine Majestät bemerkte es noch immer nicht. Bis sie sich endlich so weit vergaß, ihm ihre Liebe offen zu bekennen, und obendrein noch Erhörung verlangte.

Der edle König war natürlich auf das äußerste indigniert. Er sagte ernst und würdevoll: Schämt Euer Herrlichkeit sich nicht, so zwischen zwei ehrsame Leute zu treten, deren jahrelange Tugend respektiert zu werden verdient? – Und damit ließ er sie stehen. Die Fee war sprachlos und verließ den Hof. Sie schien so spurlos verschwunden, wie sie gekommen war.

Aber noch in derselben Nacht, als Ammibauba sich eben zum Schlummer niedergelegt hatte, fühlte er Lippen auf seinem Gesicht, die er für die der Frau Königin hielt, und rückte das nötige Stück beiseite, um ihrer freundlichen Annäherung die gebührende Ehre zu erweisen. Nur eines wunderte ihn im stillen. Warum küßt sie mir nicht den Zipfel meines rechten Ohres? fragte er sich; denn dies war das gewohnte Verständigungszeichen seit der Vollziehung ihrer Heirat.

Darum zog er ein wenig das Haupt ein und sprach: Bist du's, mein liebes Eheweib? Und als er darauf keine Antwort erhielt, sondern nur neue und wärmere Küsse, da faßte er den weisen Gedanken: Jetzt werde ich sie meinerseits küssen, aber gleichfalls nicht auf den Zipfel des Ohres; wenn sie mir dann nicht ihr Mißfallen kundgibt, dann weiß ich ganz unzweifelhaft, daß sich ein Fremdes eingeschlichen hat. Also küßte er sie behutsam inmitten ihrer linken Wange.

Und wirklich; sie nahm keinen Anstoß daran. Sie wurde nur noch zärtlicher. Da setzte sich Ammibauba im Bett hoch, nahm ein Zündholz und machte Licht an. Er wünschte endlich zu wissen, in welcher Gesellschaft er sich befinde. Aber zu Allerhöchstseinem Erstaunen fand er sich ganz allein auf dem Lager. Der König überlegte. Er wollte völlig sichergehen. Also nahm er den Leuchter vom Nachttisch und begab sich vorsichtigen Schrittes in das Schlafzimmer der Königin.

Ihre Majestät schlief tief und friedlich; mit jenen starken ergreifenden Atemzügen, die von der Ruhe des Gewissens zeugen. Wahrlich, mir war eine Anfechtung nahe, ein böser Traum hat mich versucht – dachte nunmehr der edle König und zog sich wieder leise zurück. Aber sobald er das Licht gelöscht und sich von neuem zurechtgelegt hatte, fühlte er abermals neben sich eine, die mit den Lippen ihm schöntun wollte.

Doch weiter wollte es Ammibauba diesmal beileibe nicht kommen lassen. Entrüstet hielt er sich, den Schlummer Ihrer Majestät bedenkend, die Nachtmütze vor den gefährdeten Mund und sagte mit gedämpfter, von sittlichem Ernst bewegter Stimme: Wer du auch seist, Versucherin, hebe dich von mir, du ruchloses Weibsbild! – Auf einmal ertönte neben ihm, ganz sanft, die Stimme der bösen Fee. Er indes tat, als kenne er sie nicht, und sagte noch entrüsteter: Will Sie, wollüstige Person, wohl schweigen! Schämt Sie sich nicht, mich bis in Unsere ehrwürdigsten Appartements zu verfolgen!

Die Fee jedoch schien sich durchaus nicht zu schämen, sondern erwiderte unverhohlen, so daß den König ein Grauen beschlich: Verstelle dich nicht, o Ammibauba! Liebe hat Scham, aber schämt sich nicht. Dein gutes Weib soll nichts von mir merken; ich kann für sterbliche Augen unsichtbar sein. Komm, habe Mitleid mit meiner Leidenschaft! Zeige dich gnädig und spiele mit mir!

Da setzte Seine Majestät getrost die Nachtmütze wieder auf und sagte mit gewohnter Fassung: Man wolle sich nicht in Uns irren, bitte! Wenn Euer Herrlichkeit die Laune stachelt, sich einer Dirne gleich aufzuführen, so will Ich als erfahrener Herrscher kein Wort mehr gegen dieselben sagen. Nur muß Ich dringend darum bitten, nicht gerade Mir durch Dero Verrücktheit Meine dem Volkswohl höchst nötige Nachtruhe zu rauben, widrigenfalls Ich unverzüglich dieselbe selbst unterbrechen müßte, um Meine rechtmäßige Ehegattin geziemend davon in Kenntnis zu setzen! – Denn selbstverständlich hatte der edle König mit der bösen Fee nicht das geringste Mitleid.

Und nun entpuppte diese sich in ihrer vollen Boshaftigkeit. Ah, Ammibauba, du Tugendhafter! rief sie und lachte lautlos dazu. Weil du so schamlos zu mir geredet hast, will ich mit meiner Art Scham dich strafen. Wisse, die Königin, die dort schnarcht, wird einer Tochter das Leben schenken, die soll unsichtbar sein ganz und gar; kein Härchen von ihr soll zu sehen sein – bis zu der Stunde, o Ammibauba, wo dero Verrücktheit sie stacheln wird, sich einer Dirne gleich aufzuführen! – Und damit verschwand sie, noch immer lachend.

Der König versuchte mehr als einmal, sich nochmals zum Schlummer zurechtzulegen; aber die furchtbare Drohung der Fee ließ seinem erschütterten Blut keine Ruhe. Noch ehe der Morgen zu grauen begann, erhob er sich gramvoll von seinem Lager, machte aufs neue das Nachtlicht an, bekleidete sich mit einem Schlafrock und lenkte wiederum seine Schritte in das Gemach der Königin. Sie schlief noch immer, tief und friedlich. Leise lüftete er mit der Linken den oberen Zipfel ihres Deckbetts und musterte besorgt und gründlich den Taillenumfang Ihrer Majestät; aber er konnte nichts Außergewöhnliches wahrnehmen.

In diesem nachdenklichen Augenblick erwachte die Hehre Herrscherin. Der seltsame Zeitpunkt des königlichen Besuches, verbunden mit dem verstörten Ausdruck, den das erleuchtete Antlitz zeigte, bewirkte, daß sie ihn eilends fragte: Was ist dir, Ammibauba, mein Teurer? – Der König stellte zunächst den Leuchter aus seiner Rechten auf einen Stuhl. Dann zog er den Schlafrock fester zusammen, setzte sich auf die Randung des Himmelbettes und seufzte tief; er schien durchaus keine Worte zu finden. Erst als die Königin ihn beschwor, sich ihrer landesmütterlichen Rechte zu entsinnen, ließ er sich mit geziemenden Pausen den unheilvollen Sachverhalt abringen.

Nur eines war und blieb ihm unmöglich, vor ihren sittenreinen Ohren auszusprechen: das war die Bedingung der bösen Fee, unter der die zukünftige Prinzessin eines Tages sichtbar zu werden drohte. Die Königin mochte noch so sehr bitten und das Bettlaken mit Tränen benetzen, Ammibauba blieb fest und sprach feierlich: O Königin, hier ist heiliges Land! Verlange nicht, das Unerhörte zu hören! Betet vielmehr mit Mir zum Himmel, daß dieser Tag nie eintreten möge! – Da löschte Ihre Majestät das Licht und barg sich schweigend an seine Brust. Nur noch gedrückte Stoßseufzer bezeugten, daß eine starke Gemütserschütterung unter dem königlichen Betthimmel vor sich ging.

Es war etwa neun Monate später, als unter dem nämlichen Betthimmel drei Wirkliche Geheime Ober-Medizinalräte um Ihre Majestät versammelt standen. Die Königin weinte bitterlich bei dem Gedanken an das Wesen, das wie ein Geist aus ihrem Schoß geboren werden sollte. Da ertönte plötzlich ein zarter Schrei, ohne daß etwas zu sehen war, und nunmehr wußten die Anwesenden, daß sich der Bannspruch der bösen Fee, dem man in wissenschaftlichen Kreisen bisher sehr zweifelnd begegnet war, wirklich soeben erfüllt hatte.

Bei Gott ist leider kein Ding unmöglich! bemerkte der älteste Ober-Geheimrat, während der König Allerhöchsteigenhändig nach einer gewissen Gegend hintastete, wo er das unsichtbare kleine Leben vermuten durfte. Alsdann versetzten die beiden andern Geheimräte es nach der neuesten Bademethode in einen daseinswürdigen Zustand, konstatierten, daß Hochdasselbe belustigt strampelte, und übergaben es Ihrer Majestät der Frau Königin. Diese schloß es an ihre Brust, bedeckte es mit zärtlichen Küssen, befühlte es vom Kopf bis hinab zu den Zehen, und wenn sie auch noch immer weinte wegen der ungestillten Sehnsucht ihrer Augen, erklärte sie doch mit mütterlichem Stolze, daß noch kein Kind zur Welt gekommen sei, das von den Härchen über der Stirn bis zu den Pölsterchen unter den kleinen Sohlen liebreizender hätte gewachsen sein können.

Bald darauf wurde zur Taufe geschritten. Niemals seit Gründung der christlichen Kirche hatte man eine so spannende Feierlichkeit erlebt. Denn natürlich sah auch der Hofprediger, so sehr er die Augen hob und senkte, nichts von dem Kindlein, das er gen Himmel hielt, und alle zitterten bei dem Gedanken, wie leicht er es fallen lassen könnte und daß es beim Suchen wahrscheinlich zertreten werden würde. Der ganze Hofstaat atmete erleichtert auf, als das Prinzeßlein endlich wieder am Busen der Hohen Frau Mutter ruhte. Der Name, den es erhalten hatte, war Ili, das heißt Geheimchen auf deutsch.

Ich müßte dicke Bände vollschreiben und meine zarte Leserin noch banger zu erregen befürchten, wenn ich getreulich berichten wollte, mit wieviel Ängsten der Überwachung, des steten Verlierens und Wiederfindens, die Wickelkindmonate ausgefüllt waren. Und gar erst von dem Augenblick an, wo Prinzeß Ili laufen konnte, nahm sie ihr Leben in ihre höchsteigenen Händchen und tat, wonach ihr das Köpfchen stand.

Bald war sie hierhin, bald dorthin verschwunden, denn wenn es nicht gerade in ihrem erlauchtigsten Willen lag, sich irgendwie mündlich bemerkbar zu machen, war sie für menschliche Augen unauffindbarer als eine Stecknadel im Heuwagen. Wenn etwas durch ihre Berührung erst warm geworden war, wurde es unsichtbar wie sie selbst, Kleid, Schuhe, Schmuck. Alles an ihr verschwand, sobald sie's ein Weilchen getragen hatte. Und als sie allmählich dahinterkam, wie große Freiheit sie dadurch besaß, machte sie noch mehr Gebrauch davon, indem sie nach Herzenslust alles belauschte, was man auf Erden belauschen kann.

Trotzdem – oder vielleicht auch deswegen – wurde sie artig auf ihre Art; ein bißchen neckisch, ein bißchen traurig, weil keiner recht mit ihr spielen konnte. Dann merkten manchmal die Leute bei Hofe, wie sie vor einem der großen Kristallspiegel stehenblieb und leise mit sich selbst flüsterte, doch ließ sie sich niemals darüber aus, ob sie sich selbst sähe oder nicht.

Da sie nun immer artiger wurde – auf ihre eigene Art, wie gesagt –, ersann sie endlich auch ein Mittel, sich andern geräuschlos bemerkbar zu machen. Sie nahm sich vor, stets eine große Wachskerze mit sich zu tragen und immer, wenn sie entdeckt sein wollte, sie anzuzünden. Natürlich, sobald sie die Hand um die Kerze legte, verschwand diese; aber die Flamme, weil sie den Docht nicht berührte, brannte allen sichtbar. Als wenn frei in der Luft ein Licht auftauchte, dann wußte jeder: da kommt Prinzeß Ili.

An ihrem elften Geburtstagsmorgen trat das Prinzeßchen vor Ihre Majestät die Frau Mutter hin und fragte nach einigem Zögern: Liebe Mutter, würde es dich wohl sehr beglücken, wenn du einmal ein Schnipselchen von der sehen könntest, die seit zehn Jahren für dich unsichtbar ist? – Ach, mein arm Herzblatt, jammerte die schwergeprüfte Königin. Wie sprichst du doch so unverständig! Du bist ja verzaubert von einer bösen Fee! – Ich komme mir gar nicht so arm vor, Mutter, erlaubte sich Allerhöchstderen Töchterlein einzuwenden. Und gar so böse hat es die böse Fee vielleicht gar nicht gemeint mit mir.

Ihre Majestät überlegte schon, ob man nicht trotz des Geburtstagsmorgens den kleinen Unverstand etwas zurechtweisen müsse; aber da schnippste es zweimal leise unter dem blassen Licht in der Luft, und etwas fiel schimmernd in der Frau Königin Schoß. Und weil es sich losgelöst hatte von der Prinzessin und als es nicht mehr warm von ihr war, wurde es sichtbar wie andere Dinge, und die Frau Königin sah auf einmal ein großes Bündelchen tiefschwarzer Locken. Die hatte Klein Ili sich abgeschnitten, damit ihre Mutter, der sie sehr gut war, doch wenigstens eine Ahnung bekäme, was für ein schönes Mädchen sie sei.

Aber seit diesem Geburtstagsmorgen wurde sie immer zurückhaltender. Nur wenn man sie einfach um ihre Meinung befragte, gab sie mit freundlicher Offenheit so eigentümliche

Anworten, daß sie dem Hohen Elternpaare zuweilen schon fast zu verständig erschienen.

Wo lernst du nur alle diese Dinge? konnte der König Ammibauba sich eines Tages nicht enthalten, die nunmehr siebzehnjährige Tochter mit väterlicher Würde zur Rede zu stellen. Du hast doch niemals Verlangen nach Büchern gezeigt.

Ich blase mein Licht aus – erwiderte die Jungfrau –, dann kriege ich viele Dinge zu sehen, die man aus Büchern nicht lernen kann. Ich weiß allerlei, wovon du nichts ahnst. Wenn ich erst älter geworden bin, will ich dir manches ins Ohr sagen, wodurch du noch gnädiger wirst regieren lernen! – Der edle König geruhte zu lächeln; aber ihm war tiefernst zumute. Seine Majestät vermochte sich leider nicht länger zu verhehlen, daß die Prinzessin dem Alter immer näher kam, vielleicht sogar bereits darinnen stand, in dem die tückische Drohung der bösen Fee sie jeden Tag heimsuchen konnte, und daß es Gottes Vorsehung versuchen hieße, wenn man sie weiter so frei herumgehen lassen wollte, ohne alle die Garantien, die man sich bei einem sichtbaren Menschen in bezug auf sittlichen Lebenswandel zu schaffen vermag.

Also beschloß das Hohe Paar, sich so unverzüglich wie möglich nach einem geeigneten Freier umzutun, und ließ an sämtliche Höfe der Christenheit, soweit sie als ebenbürtig erachtet werden durften, die zweckentsprechenden Einladungen ergehen. Es kamen auch viele edle Prinzen, die trotz der Kunde von dem so eigenen Wesen der Königstochter die sichtlichste Geneigtheit zeigten, ihrer vermutlichen Schönheit zu huldigen und sie gemäß den Wünschen des Allergnädigsten Elternpaares in fernere leibliche Obhut zu nehmen; sogar ein Kronprinz war darunter. Aber das schweigsame Licht in der Luft flößte bald allen solche Scheu ein, daß selbst die Prinzen der Nebenlinien sich nicht bewogen zu fühlen vermochten, von einer Prinzessin Besitz zu ergreifen, deren Tun nur von Gottes Augen vollkommen kontrolliert werden konnte.

Zwar wenn sie zuweilen auf eine Frage ihr leises bestimmtes Urteil gab, war jeder bezaubert vom Reiz ihrer Stimme, und selbst der Kronprinz mußte erleben, daß ihm die Konversation danach stockte. Dies Stocken jedoch war stets so gründlich, daß keiner, den es betroffen hatte, sich einer dermaßen bezaubernden Antwort nochmals vor Zeugen aussetzen wollte, weswegen sich nach und nach alle entschlossen, der dringenden Staatsgeschäfte halber bei nächster Gelegenheit Abschied zu nehmen. Dann schien sich jedesmal in der Luft, sobald die Tür sich hinter den edlen Prinzen schloß, ein fast lautloses Kichern zu regen, so daß in dem König Ammibauba der unumstößliche Verdacht aufstieg, die böse Fee sei unsichtbar immer zugegen und weide sich an der Vereitelung seiner vortrefflichsten sittlichsten Schutzmaßnahmen.

Schließlich begann der erfahrene Herrscher es fast schon ernstlich zu bereuen, daß er dem Anliegen der rachsüchtigen Schönheit damals so undiplomatisch begegnet war. Aber in seiner bewährten Weisheit mußte er sich zugleich doch gestehen, daß diese Reue, wie ernst sie auch wäre, um seine besten Mannesjahre zu spät eintrete, und immer gramdurchfurchter verneigte er sich vor den sich höflichst empfehlenden Freiern.

Zur selben Zeit diente im königlichen Palais ein armer Junker, ein Freiherr von Rily, bei der Leibgarde Seiner Majestät als Leutnant. Es muß gesagt werden, daß dieser junge Mann, mit dem ich meine zarte Leserin aus Gründen der historischen Wahrheit zu meinem Bedauern nicht verschonen darf, über höchst glückliche Anlagen verfügte, Leibes wie der Seele. Leider aber machte er nicht denjenigen ernsten Gebrauch von ihnen, der sich für einen gewöhnlichen und nicht einmal wohlsituierten Freiherrn grundsätzlich geziemt haben würde.

Statt seine Begabung höheren Ortes gefällig und würdevoll geltend zu machen, gefiel er sich darin, eine durch nichts gerechtfertigte sorglose Vergnügtheit zur Schau zu tragen und seine inneren Tugenden geflissentlich zu bemänteln. Wenn ihn sein Wagemut einmal antrieb, irgendein Heldenstück zu verrichten, so gab er sicher nachträglich vor, eine Wette sei der Anlaß gewesen; und wenn er jemandem eine Guttat erwies, dann hüllte er sie in einen Spaß. Natürlich war das nicht der Weg, sich den Beifall der Vorgesetzten zu erwerben, und allgemein prophezeite man ihm eine entsprechend schlechte Karriere.

Trotzdem – bei aller schuldigen Ehrerbietung darf ich aus den erwähnten Gründen zu meinem Bedauern auch dies nicht verschweigen – nahm Prinzeß Ili seltsamerweise ein stetig wachsendes Interesse an diesem absonderlichen Gebaren, und bald verging kein einziger Tag, an dem sie nicht mehrere Stunden lang in der Umgebung des Junkers weilte; wohlverstanden, nachdem sie zuvor das Licht ihrer Kerze ausgelöscht hatte, und fraglos, nur um zu ergründen, warum dieser Jüngling so hartnäckig sein Bestes vor den Leuten verbarg. Selbst angenommen aber, daß sie noch andere törichte Dinge hätte an ihm erforschen wollen, so darf nicht übersehen werden, daß die erlauchtigste Prinzessin durch die Verzauberung der bösen Fee immerhin einigermaßen berechtigt war, gewisse wesentliche Punkte der menschlichen Beschaffenheit mit anderen Blicken zu betrachten, als es bei sittsamen Jungfrauen ihres Alters im allgemeinen üblich sein dürfte.

Denn da sie niemals Grund gehabt hatte, sich wegen ihres eigenen Körpers und der ihm anhaftenden Gliedmaßen vor irgendeinem Menschen zu schämen, so konnte sie sich naturgemäß auch die Betrachtung fremder Gliedmaßen nicht als ein sündiges Ergetzen anrechnen. Also ging sie denn Tag für Tag von den ihr leider zu wenig natürlichen Hofleuten weg, über den Schloßhof, bis zu dem abgelegenen Gartenhäuschen, in dem der Freiherr einquartiert war; dort nahm sie heimlich irgendwo Platz und beobachtete ihn und freute sich an ihm.

Gleichwie man vom Abendwind angenehm erregt wird, ohne ihn doch zu sehen, weil er den Duft von Blüten mit sich bringt: so ward nun bald auch Junker Rily durch Prinzeß Ilis Kommen bewegt. Er hatte solchen Spürsinn dafür, daß sie schon nach der ersten Woche ihm nicht mehr, wie sonst jedem Menschen, selbst ihrer erhabenen Frau Mutter, unbemerkt nahetreten konnte. Sie mochte noch so leise kommen und noch so behutsam ohne Licht: er merkte sofort, daß sie da war. Und wenn er auch, seiner Gewohnheit nach, von seinen Gefühlen nichts zeigen wollte, so sah sie doch jedesmal deutlicher, wie ihm die Lust, ihr noch näherzukommen, jählings das Blut ins Gesicht trieb.

Bei ihrer gnädigen Gesinnung konnte sie gegen diesen Zustand nicht lange unempfindlich bleiben, und als sie das nächstemal zu ihm kam, bedeckte sie plötzlich sein Gesicht mit ihren Händen und flüsterte: Du lieber, stiller, stolzer Mensch du! Was sagst du denn nie ein Wort zu mir? Und als Herr v. Rily verwirrt zurückgab: Was soll ich denn sagen, du Unfaßbares? – da lachte sie leise und neckte ihn: Oh, nur die Wahrheit, du Ungeschickter! Du schämst dich wohl gar einzugestehen, wie gerne du mich anfassen möchtest! Und dabei klopfte ihr unsichtbares Herz so dicht an dem seinen und so stürmisch, als wollte es hinein zu ihm.

Dem armen Junker fiel selbstverständlich ein, wie hoch sie über ihm stand in der Welt und welcher Abgrund sie von ihm trennte, wenn anders er nicht die heiligsten Güter der guten Gesellschaft gefährden wollte. Und deshalb – was freilich bei seiner Gemütsart nicht eben überraschen kann – hielt er sie doppelt fest an sich gedrückt und brach in die ebenso unsinnigen wie etikettewidrigen Worte aus: Ach Ili, ich möcht' dich ewig so halten!

Unerklärlicherweise fand die Prinzessin Gefallen an seiner Exaltation, so daß sie aufs neue zu lachen geruhte und ihm zu wiederholten Malen seine flaumbärtigen Lippen küßte. O Rily, beliebte sie zu jauchzen, du kannst mich nicht sehen und willst mich doch haben! – Du kannst mein Herz ja auch nicht sehen, erwiderte der verwegene Junker, und kennst es nicht und willst es doch haben.

Da küßte sie ihn noch zärtlicher, und löste ihr Haar auf, und sagte innig: Komm, lerne auch mein Gesicht so kennen! – Sie nahm seine Hände und legte sie sanft auf ihre noch niemals gesehenen Augen. Junker Rily erschauerte über und über, als er die langen feinen Wimpern in seinen Handflächen zucken fühlte. O sag mir, wie fühlst du mich? fragte sie bebend –, bis jetzt hat noch kein menschlicher Mund von meiner Schönheit zu mir gesprochen.

Der Junker bewegte tastend die Hände wie ein Blinder, der liest, und murmelte trunken: Deine Augen tun wohl wie der Schatten im Sommer. Deine Lippen sind warm wie die Rosen im Juli. Um deine Wangen ringeln sich deine Haare, als möchten sie meine Finger umranken, und deine Augenbrauen berühren sich. Ich lege den Finger in dein Ohr und fühlte dein Blut bis unter mein Herz. Ich habe dein Gesicht schon gekannt, als ich noch kindisch am Waldteich saß und auf die Wasserfee wartete. Ich schließe die Augen und sehe dich.

Ich müßte abermals dicke Bände vollschreiben, wollte ich einigermaßen ausführlich berichten, wie die Prinzessin sich unter dem Bannfluch der bösen Fee nun immer mehr durch die Narreteien des pflichtvergessenen Leutnants umgarnen ließ. Oft kam sie sogar des Abends zu ihm und nahm keinen Anstand, sich an sein Bett zu setzen, und wenn er einmal, vom Dienst ermüdet, zufällig bereits im Schlafe lag, weckte sie ihn mit ihrer lieblichen Stimme. Dann war

Herr von Rily skrupellos genug, ihr obendrein noch vorzuschwärmen, es kreisten Sonne, Mond und Sterne um sein gebenedeites Lager.

Wenn er vor dem Palais die Nachtwache hatte, wartete er bei den Kletterrosen, die unter dem Fenster von Prinzeß Ili die ganze Mauerwand bedeckten, bis sie mit ihrem Licht oben winkte. Dann schwang er sich an dem Spalier zu ihr hoch und brachte ihr stets die roteste Rose mit, und hing dann oben am Fenstersims, von ihren Armen und Lippen gehalten.

Weil sie indessen nicht lediglich Küsse tauschten, sondern auch viel miteinander flüsterten, konnte es endlich gottlob nicht ausbleiben, daß eine alte scharfohrige Frau sie hörte, die von dem edlen König Ammibauba zur Überwachung Seiner so unglückselig verzauberten Tochter angestellt war. Dies alte Weib also ließ sich am nächsten Morgen zu Seiner Majestät ins Sprechzimmer führen und meldete dorten unter vier Augen, daß sich zuweilen nach Mitternacht im Schlafzimmer des erlauchtigsten Fräuleins eine männliche Stimme vernehmen lasse und außerdem ein Geräusch wie von Vögeln, das aus dem Rosenspalier am Fenster zu kommen scheine.

Als König Ammibauba das hörte, erfaßte ihn ein solcher Schrecken, daß er all Seine sittliche Würde auf einige Zeit beiseite setzte und sich die folgenden Nächte hindurch hinter eine geheime Tapetentür stellte, um Allerhöchsteigenohrig zu prüfen, von welcher Art die erwähnten Geräusche seien und wie man dagegen einschreiten könne. Und wirklich: in der dritten Nacht mußte der edle König mitanhören, daß Seine Tochter sich hastig von dero Bette erhob, leise das Fenster öffnete und daß sich jemand das Rosenspalier zunutze machte und wie dann sogleich ein Geräusch begann, das nur von Küssen herrühren konnte.

Und dieses Geräusch war so anhaltend, daß sich dem König die Haare sträubten vor Furcht, was noch weitererfolgen könnte. Also beschloß er, ohne Aufschub seinem Vaterzorn freien Lauf zu lassen, stieß die Tapetentür auf und schrie: Du schamlose Bübin, was treibest du da! – Aber im nämlichen Augenblick bekam er solch einen Stoß vor die Brust – oder, genauer ausgedrückt, vor die Erlauchtigste Magengegend, – daß Seine Geheiligte Person, vollkommen dem Gleichgewicht entsagend, sich eilends auf den Fußboden setzte und eine Weile dort sprachlos verharrte.

Denn Herr von Rily, wohl in der Meinung, irgendein niedriger Horcher wolle die Ehre seiner Prinzessin antasten, hatte sich nicht erst Zeit genommen, das Antlitz Seiner Majestät gewissenhaft zu rekognoszieren; sondern leichtfertig wie er war, hatte er den besagten Stoß mit solcher blinden Gewalt geführt, daß er fast selbst vom Fenster stürzte und nur durch einen geschickten Sprung mit heilen Gliedern zur Erde kam.

Da aber Seine Majestät den Frevler sehr wohl erkannt hatte, so nützte ihm seine Geschicklichkeit nichts, und tags darauf erfuhr man durch die hauptstädtischen Zeitungen, daß der von jeher übelberüchtigte Freiherr von Rily, Leutnant der Königlichen Garde, gefänglich eingezogen sei und wegen hochverräterischen Vergehens demnächst vor das Kriegsgericht kommen werde. Bei den Antezedenzien des Leutnants konnte das niemand wundernehmen oder zu Nachforschungen bewegen, und dadurch wurde zum Glück verhütet, daß Näheres über den peinlichen Vorfall in die sozialdemokratische Presse gelangte.

Nichtsdestoweniger fühlte der edle König sich keineswegs im Herzen erleichtert. Zwar hatte er nach dem verwegenen Angriff auf Sein Erhabenes Gleichgewicht mit tiefer Befriedigung konstatiert, daß Seine Tochter noch unsichtbar war; aber die Angst, sie könnte da eines Morgens stehen, leibhaftig mit all ihren Körperteilen und mit der entblätterten Blume des sittlichen Adels, verließ ihn keinen Augenblick mehr. Sie ist bereits auf dem besten Wege – sagte er sich in einem fort; und wenn die Wände auch Ohren haben, so haben dieselben doch keine Augen, wenigstens nicht im Hinblick auf sie. Was soll ich ehrsamer König nur tun, um nicht in Unserm eigenen Palais Unser Fleisch und Blut entwürdigt zu sehen! –

Da, mitten in diese schwere Bedrängnis, fiel wie ein Stern aus dem Füllhorn der himmlischen Gnade die Botschaft von einem neuen Freier, den man bis dahin noch gar nicht in Rechnung gezogen hatte. Es war ein regierender Herzog aus sehr altem Hause, und es verlautete mit Bestimmtheit, Seine Hoheit sei ganz kaptiviert von der Vorstellung, einmal den seltenen Reiz zu kosten, den eine unsichtbare Schönheit seines Erachtens garantiere.

Der edle König Ammibauba begoß diese Nachricht mit Freudentränen. Nicht nur daß der Herzog bereits in jenen reiferen Jahren stand, die eine tugendhafte Ehe zum vornherein wahrscheinlich machen; sondern man rühmte auch allgemein den reichen Erfahrungsschatz Seiner Hoheit, ganz zu schweigen der vielen anderen Regententugenden, die sich zum Wohle der unerfahrenen Königstochter in seinem Busen vereinigt fanden. Und da sein Herzogtum überdies nicht allzu beträchtlichen Umfanges war, stand auch in diplomatischer Hinsicht nach keiner Seite hin zu befürchten, daß durch die Personalunion das Einvernehmen der Großmächte über das europäische Gleichgewicht im Erbschaftsfalle gestört werden könnte.

Demnach, als in der Tat nach diplomatischer Vorfühlung von seiten des Herzogs die ehrerbietige Anfrage eintraf, ob er des hohen Genusses teilhaftig zu werden hoffen dürfe, dereinst von Seiner Majestät als Dero Eidam umarmt zu werden, ließ Ammibauba ihm huldvollste Grüße entbieten und fügte ein Allerhöchsteigenes Handschreiben mit der entsprechenden Einladung bei. Zur innigen Freude des edlen Königs und Ihrer Majestät der Frau Königin stieg Seine Hoheit denn auch in Bälde mit großem Gefolge bei Hofe ab, u. a. mit seinem vertrautesten Leibarzt und einem eigens für seine Nerven konstruierten Elektrisierapparat.

Trotz all dieser Sorge um ihre Wohlfahrt verharrte inzwischen die Prinzessin bei ihrem bedenklichen Lebenswandel. Sie ging noch öfter als sonst ohne Licht aus und brachte dem staatsgefährlichen Junker die verbotensten Dinge ins Gefängnis: Feilen, Strickleitern, Geld und Rasierzeug, sogar einen Dolch und einen Revolver, damit er sich mit Gewalt oder List der gerechten Strafe entziehen könne.

Anstatt aber die Gelegenheit wahrzunehmen, vielleicht noch irgendwo außer Landes ein nützliches Mitglied der menschlichen Gesellschaft zu werden, war Herr von Rily so anmaßend, seinen Richtern durchaus seine Unschuld beweisen zu wollen, und lehnte jeden Fluchtversuch ab. Natürlich geriet er dadurch erst recht in eine hilfsbedürftige Lage. Denn nachdem er vergebens acht Tage lang auf seine Vernehmung gewartet hatte, wurde er in geheimer Sitzung, wie es die Rücksicht auf das Staatswohl und auf die Disziplin erheischte, ungehört zum Tode verurteilt und bis zur Vollstreckung dieses Urteils in eine so engvergitterte Zelle gebracht, daß selbst für den schlankesten Gardeleutnant keine Möglichkeit des Entkommens war.

Seltsamerweise schien Prinzeß Ili nicht im geringsten durch all das bekümmert. Zwar meinte ihre Hehre Frau Mutter, welche zuweilen unversehens das Boudoir ihrer Tochter betrat, einmal ein leises Geräusch zu vernehmen, als fielen Tränen auf eine Tischplatte, aber da unmittelbar darauf ihr unsichtbares Lachen ertönte. mußte es wohl ein Allerhöchster Irrtum gewesen sein.

Jedenfalls schien der Prinzeß die Werbung des Herzogs ein wahres Vergnügen zu bereiten. Denn als Seine Hoheit sich vor ihr verbeugte, beleuchtete sie sein würdiges Haupt sehr eingehend mit ihrer Kerze – und sagte, sie fühle sich wirklich geschmeichelt. Tiefgerührt drückte das Hohe Elternpaar, ihr im geheimen alles verzeihend, dem künftigen Eidam beide Hände und tat in Eile die nötigen Schritte zur feierlichen Begehung der Hochzeit.

Indessen drang dem gefeierten Gaste allmählich doch ein Geflüster zu Ohren, die seltsame Braut sei im Grunde durchaus nicht so willfährig, daß man bei der Unmöglichkeit, sie ohne ihr Licht überhaupt zu entdecken, sich ihrer in Ruhe werde erfreuen können. So kam es, daß bei dem nächsten Familienabend Seine Hoheit ein merkliches Rheuma zeigte und im Verlaufe der Unterhaltung auch jene dringlichen Staatsgeschäfte berührte, die einen gewissenhaften Regenten zuweilen plötzlich nach Hause rufen. Der edle König Ammibauba ließ vor Bestürzung beinahe die Teetasse fallen, zumal er wiederum neben sich das fast lautlose Kichern zu hören glaubte, daß ihm die stete Gegenwart der bösen Fee immer mehr verbürgte.

In seiner Verzweiflung entschloß er sich, den Herzog nach Tisch beiseite zu nehmen und ihm Mitteilung von dem zu machen, was er bisher noch vor jedermann, selbst vor Ihrer Majestät der Landesmutter, die vielen Jahre hindurch verheimlicht hatte: unter welcher zweideutigen Bedingung die Fee ihm Aussicht gelassen habe, daß seine Tochter einst sichtbar werden könne. Nachdem er sich also mit dem unschlüssigen Eidam ins Rauchzimmer zurückgezogen hatte, enthüllte er ihm gesenkten Hauptes das sorgsam gehütete Geheimnis, nicht ohne sittliche Befriedigung, aber doch mit einem gewissen Bedauern über die einst von ihm bewiesene Standhaftigkeit bei seinem unfreiwilligen Abenteuer.

Seine Hoheit, aufs äußerste interessiert, ließ sich zunächst den ganzen Hergang nebst der Bedingung noch einmal erzählen. Dann, während ein echt mitfühlendes Lächeln seine erfahrenen Lippen umspielte, sagte er mit vibrierender Stimme: Euer Liebden wolle nicht länger besorgt sein! Man möge doch diese méchante Fee in ihrer eigenen

Schlinge fangen! Wenn Dero Weisheit bewirken wollte, daß Dero Tochter mir in der Nacht, bevor wir die heiligen Ringe wechseln, willig ihr keusches Schlafgemacht öffnet, so glaube ich, dafür garantieren zu dürfen, daß sich die fragliche Bedingung in allen Ehren erfüllen wird. Es ist sans phrase Christenpflicht, die liebe, schändlich verfolgte Unschuld zum Hochzeitstage sichtbar zu machen.

Dem schwergeprüften edlen König fiel eine Zentnerlast vom Herzen. Er drückte den würdigen Schwiegersohn ein Mal ums andere an Seine Brust, und sie vereinten definitiv, daß die Vermählungsfelerlichkeiten schon in der folgenden Woche stattfinden sollten.

Aber Sein väterliches Gemüt geriet nun erst auf den Gipfel des Kummers. Kaum hatte er sich zur Ruhe gelegt, als ihn das furchtbare Bangen befiel, Seine Tochter möchte ihm doch noch zuvorkommen und anderweit den Schritt begehen, der sie zum heiligen Stande der vorgesehenen Ehe dauernd untauglich machen würde. Denn wenn sie jetzt plötzlich sichtbar würde, konnte dem Herzog nicht zweifelhaft bleiben, was vorher dazu geschehen sein mußte –, und selbstverständlich war dann die Aussicht, sie standesgemäß zu verheiraten, für alle Ewigkeit dahin.

Den ganzen nächsten Tag über, und wieder bis in die Nacht hinein, befand sich König Ammibauba in diesem beklagenswerten Zustand. Endlich, auf Seinem schlaflosen Lager, als er sich schon den Wachsstock anzünden wollte, um Ihre Majestät die Frau Königin gleichfalls in alles einzuweihen, kam ihm wie eine Erleuchtung von oben die wahrhaft erlösende Idee, dem Herzog das Zimmer der Prinzessin bereits am folgenden Tage zu öffnen, natürlich erst gegen Mitternacht, und zu derselben Stunde das Urteil an dem gefährlichen Leutnant vollstrecken zu lassen. Mit dem Entschlusse, am andern Morgen die Hinrichtungs-Ordre zu publizieren, ließ er den Wachsstock unangezündet und gab sich selig dem Schlummer hin; seit Jahren hatte der edle König keinen so ruhigen Schlaf genossen.

Der Abend des folgenden Tages kam; Prinzeß Ili schien fröhlicher denn je. Nur als man am Familientisch das neueste Regierungsblatt mit sämtlichen Allerhöchsten Erlassen in schweigender Ehrfurcht herumgehen ließ, zitterte einen Augenblick ein wenig das blasse Licht in der Luft, dann aber lachte sie fast übermütig. Nachdem man sich vom Tee erhoben und allerseits huldvollst empfohlen hatte, begleitete der König Seine Tochter mit immer hoheitsvolleren Schritten bis an die Tür ihres Schlafgemaches und sprach dort in ergreifendem, von tiefer Rührung verschleiertem Tone:

Mein liebes Kind! Ich glaube dir nicht erst beweisen zu brauchen, daß Ich von jeher dein Bestes im Auge hatte. Tue also, was Ich dir sage, damit es dir wohlergehe und du lange lebest auf Erden. Sieh, Ich werde mit eigener Hand dein Zimmer von außen abschließen, und wer heute Nacht dich besuchen sollte, der muß Meinen eigenen Siegelring tragen, widrigenfalls er ein Staatsverbrecher und gottvergessener Schandbube ist. Trägt aber derselbe Meinen Siegelring, so habe Ich selber denselben an seinen Finger gesteckt, und dann willfahre diesem in allem, was er auch immer von dir verlangt, so voll und ganz, als wenn Ich selber dasselbe verlangte. Dann wird Gottes Gnade sichtbarlich werden und die Verzauberung von dir nehmen, die dich seit Kindesbeinen umstrickt; und keine böse, schamlose Fee wird dir die Freude mehr rauben dürfen, daß jedermann dich betrachten kann. Und höre, was Ich dir hiermit verspreche – bei Meinem Gesalbten Haupte schwöre Ich dir's: Wenn du nach soviel gramvollen Jahren nun deinen alten Eltern den Trost bereitest, daß Unsere Augen dich morgen früh in holder Scham erröten sehen, dann sollst du dir von Mir wünschen dürfen, was immer dein Frauenherz begehrt. Ich will es dir geben, bei Meiner Ehre, und wär's die Hälfte von Meinem Königreich! –

Und damit ließ er die Unsichtbare, sein gramdurchfurchtes Antlitz senkend, in ihr jungfräuliches Zimmer treten und zog den Schlüssel hinter ihr ab. Dann ging er sinnend zu der alten Aufwartefrau, die so vertrauenswürdig zu lauschen verstand, und sagte ihr leutselig ins Ohr: Wenn die Prinzessin sich ausgezogen hat, nehm Sie schleunigst ihre Kleider, auch Schuhe und Strümpfe, mit aus dem Zimmer, damit sie nicht etwa zu fliehen versucht. Und ebenso schleunigst schließ Sie dann – hier haben Sie den Schlüssel – das Zimmer von außen hinter sich zu und bring Mir denselben zurück.

Und in der Tat, als Prinzeß Ili das Licht ihrer Kerze ausgelöscht hatte, nahm ihr die brave alte Frau sämtliche Kleider vom Bettstuhl weg, so daß sie nur ihr Hemd anbehielt, und schloß dann doppelt von außen ab. Und etwa eine Stunde später, als in dem Palais alles dunkel war, begab sich König Ammibauba zu den Gemächern des Herzogs hinüber.

Einen Augenblick stutzte er vor der Tür, weil er ein schauriges Schnurren vernahm. Doch bald erkannte der lauschende Herrscher, daß Seine Hoheit sich elektrisierte, und hochbefriedigt wartete er, bis der gewissenhafte Eidam sein Nervensystem geordnet hatte. Hierauf umarmte er ihn schweigend, drückte ihm erst seinen Siegelring und dann den Schlüssel in die Hand, und mit verständnisinnigem Blick Ihm eine gute Nacht wünschend verschwand er eiligst.

Inzwischen aber war die Prinzessin, sobald sich die Schritte der braven Alten im Korridor verloren hatten, leise von ihrem Bett aufgestanden und hatte jenes Fenster geöffnet, an dem sie so oft von ihrem Junker zur selben Stunde geküßt worden war. Da stand sie nun, einsam, im bloßen Hemde, und atmete zaudernd den Rosenduft der stillen warmen Sommernacht. Es war. als schöpfe sie eine Stärkung daraus, und wie von Zauberkraft getrieben, schwang sie sich über das Fensterbrett und kletterte das Spalier hinab, bis ihre nackten Füße unten das kühle feucht Gras berührten.

Sie huschte über den dunklen Schloßhof bis zu den tiefer gelegenen Höfen, wo die Gebäude des Marstalls begannen. Der Ziehbrunnen ragte in die Luft wie ein verstümmelter Wegweiser. In den gefüllten beiden Eimern, die auf dem Rande stehengeblieben waren, schwankte das schwarze Wasser im Mondlicht. Als sie noch einmal danach zurücksah, fuhr plötzlich eine graue Hand über den Spiegel des einen Eimers, und ein entsetzlich bleicher Kopf starrte den Mund auf nach den Tropfen, die glitzernd um seine Kinnbacken spritzten. Ihr war, als hätte sie den Tod vom Wasser des Lebens schlürfen sehen.

Am westlichen Vorsprung des Festungsturmes mußte sie einige Stufen hinunter. Da brannte im Schatten des Mauerwinkels das trübe Licht einer Handlaterne, und zwei Soldaten mit Hacke und Spaten machten daneben eine Grube. Prinzeß Ili blieb stehen und starrte hinein. Die Erde, die ausgeschaufelt wurde, rollte auf ihre nackten Füße. Die Grube war schon groß genug, daß gerade ein Mann darin liegen konnte. Die Glocke wird bald Mitternacht schlagen – sagte der eine der Grabenden. Sie faßte schaudernd ihr Hemd zusammen und eilte weiter.

Sie kam an die Gefängniswache. Sie huschte zwischen den beiden Posten, deren geschulterte Gewehre im Gaslicht des Torbogens funkelten, unhörbar durch, und endlich stand sie vor der Zelle, in der Junker Rily sein Schicksal erwartete. Sie drückte sich an die Wand des Ganges und bat sich selber um Geduld. Sie wußte, bald müsse der Wärter kommen und ihm die Henkersmahlzeit bringen; sie zitterte.

Als sie ihr Ohr an das Türschloß legte, hörte sie drinnen ruhige Atemzüge. Und Prinzeß Ili freute sich, daß dieser unbotmäßige Mensch in dieser Stunde noch schlafen konnte. Da kam der Wärter und brachte das grausige Mahl. Er öffnete leise die schwere Tür, um den Gefangenen nicht zu wecken, und setzte das Geschirr auf den Tisch. Und dabei seufzte er unwillkürlich, daß ein so kräftiger junger Mann sich so strafwürdig vergangen hatte.

Während er noch so stand und mitleidig war, saß Prinzeß Ili schon auf dem Stuhl neben dem Bette des Herrn von Rily und sah in sein schlafendes Gesicht. Und kaum war der Wärter zur Zelle hinaus und hatte wieder abgeschlossen, als sie die Lippen des Schlafenden ihren Namen flüstern hörte. Da bückte sie sich und legte ihr Haupt neben das seine auf das Kissen und küßte ihn, wie man Blumen küßt. Und da legte sich sein Gesicht an das ihre gleichwie ein Blütenblatt an das andere, und eine wach werdende Stimme sprach: Bist du's denn wirklich, Ili, meines? – Ich bin's, Ry! gab sie bebend zurück. Und obgleich nun jener völlig erwachte, entblödete er sich nicht, zu bemerken: Ich wußte, daß du kommen würdest. Doch plötzlich fuhr er heftig zusammen, denn heiße Tränen fielen auf seinen Mund, und auf dem Kissen wurde ein Blutfleck sichtbar. Bist du verwundet, Ili? stammelte er. Wer hat es getan? fragte er wild.

Sie aber umschlang ihn mit beiden Armen, und er spürte ihr Lachen, als sie erwiderte: Die Rosen, die du heraufstiegst zu mir, die taten's, als ich hinabstieg zu dir! – Da umschlang auch der Junker die Prinzessin; und er fühlte, wie dünn bekleidet sie war. In diesem Augenblick schlug es Mitternacht draußen, und Waffengeklirr kam die Treppen herauf, und dröhnende Schritte näherten sich. Prinzeß Ili aber sagte sich, daß die Minute gekommen sei, wo sie von ihrer Verzauberung den gnadenreichsten Gebrauch machen könne.

Und ehe ihr Junker noch recht wußte, was sie bezweckte und wie ihm geschah, war sie zu ihm ins Bett geschlüpft und hatte sich ganz auf ihn hingelegt. Von Mund bis zu Füßen bedeckte sie ihn, und indem sie noch ihre dichten Locken bis über sein Haar ausbreitete, flüsterte sie, fest an ihn gepreßt: Rühre dich nicht; damit dein Körper ganz warm von mir wird und unsichtbar! Und da knarrte auch schon der Schlüssel im Schloß, und die Wachmannschaften stießen die Tür auf – und sahen nichts als ein leeres Bett und eine kahle verlassene Zelle.

Sie suchten noch unter dem Bettgestell nach, dann stürmten sie schreiend und fluchend hinaus, der Gefangene sei zum Teufel gegangen, und verteilten sich eiligst nach allen Seiten, um ihn womöglich noch einzuholen. Herr von Rily, dem an der Brust seiner Herrin zum Sieden heiß geworden war, begann, am ganzen Leibe zu zittern; und während es draußen stille wurde, klopfte sein Herz so laut wie ein Specht. Laß mich los, mein Himmlisches! bat er flehend. Laß uns fliehen, sie haben die Tür aufgelassen.

Nein – hielt sie ihm flüsternd und lachend den Mund zu – bleib nur im Nest, du wilder Vogel! Wenn du jetzt mit mir ausfliegen wolltest, dann würden sie dich sehen und greifen. Morgen früh wird die Tür auch noch offen sein, dann aber wird niemand mehr vermuten, daß du noch hier in der Nähe bist, und ich kann dich verkleiden und bequem mit dir fliehen.

Und als nun der Junker noch heftiger zitterte, küßte sie ihn und sagte beklommen: Du bist auch gar nicht ruhig genug. Zur Flucht muß man ruhig, ganz ausgeruht sein. Komm, lege dich still in meine Arme und laß uns erst zusammen schlafen! – Da legte er sich in ihre Arme, und plötzlich seufzte er tief: Ach Ili – und darauf seufzte sie tief: Ach Rily – und also schliefen sie zusammen.

Am andern Morgen in der Frühe, als König Ammibauba vernahm, wie oft der Herzog das Bett der Prinzessin vergebens nach ihr abgesucht hatte, und als er überdies noch erfuhr, daß Herr von Rily verschwunden sei, kam er in großer Hast nach der Zelle, ohne Begleitung und schlimmster Ahnungen voll. Und wahrlich, da lag der Junker und schlief, als ob er im siebenten Himmel wäre, und neben ihm eine, so hold wie ein Mädchen und doch wie eine junge Frau. Die sah halb aus wie die Königin, das heißt wie sie ehemals gewesen war, und halb wie die böse schwarzlockige Fee; daher der König nicht zweifeln konnte, daß er sein eigenes Kind vor sich habe.

Und als er noch voller Bestürzung stand und sich die Sachlage überlegte, wachten die beiden gleichzeitig auf und sahen einander entzückt in die Augen. Und siehe, auf einmal hob die Prinzessin die Hand zu dem schändlichen Junker hin und zupfte ihn am Zipfel des Ohres. Da ergrimmte der König Ammlbauba, schüttelte die geballten Fäuste und schlug sich stöhnend an die Vaterbrust, und da bemerkte ihn seine Tochter.

Einen Augenblick lag sie wie gelähmt, dann warf sie sich wieder über den Junker in der Meinung, ihn unsichtbar zu machen. Als aber der starre Blick des Königs nach wie vor an ihr haftenblieb, ging ihr ein Licht auf, und sie rief: O Vater, siehst du mich wirklich leibhaftig? – Ja, Dirne, Ich sehe dich! Mehr als zuviel – schrie Seine Majestät außer sich – dich mitsamt deinem zuchtlosen Buhlen! –

Die Prinzessin errötete über und über, und der Freiherr wollte vor Wut aufspringen. Aber sie hielt ihn zu fest umschlungen, und indem sie sich mit dem andern Arm die Bettdecke bis ans Kinn hochstreifte, sagte sie lächelnd: Lieber Vater ... Dann holte sie Atem und fuhr fort: Da du mich also wirklich siehst, so wünsche ich mir als Hochzeitsgabe hier diesen meinen lieben Herrn Rily! Mit ihm will ich gern an den Altar treten – noch heute, wenn es dein Wille ist – und werde mich reicher dadurch fühlen als durch dein ganzes Königreich! –

Da erinnerte sich der edle König, daß er sein Wort verpfändet hatte, und er erkannte in seiner Weisheit, daß unter den obwaltenden Umständen fraglos die sittliche Pflicht vorliege, dasselbe voll und ganz zu halten, und deshalb hört meine Geschichte jetzt auf. Hätte der König Ammibauba von vornherein so ruchlos gehandelt wie leider die meisten Ehemänner und der bösen Fee gleich ihren Willen getan, so wäre ich nicht genötigt gewesen, von so viel Sorge und Leid zu berichten. Dann aber wäre Prinzeß Ili wohl überhaupt nicht zur Welt gekommen, und meine zarte Leserin nicht zu dem versprochenen wonnigen Ende.

Wer also bis hierher gelesen hat, dem muß es wohl ernstlich gefallen haben, wie unentwegt der edle König den Pfad der Tugend wandelte. Und wem es nicht gefallen hat, der möge sich ruhig darüber entrüsten.